Para todos aquellos que alguna vez se han sentido
mal entendidos o injustamente juzgados.

Frog Ltd., Editor

Los libros publicados por Frog, Ltd. están distribuidos por North Atlantic Books, P.O. Box 12327, Berkeley, California 94712

ISBN 1-58394-103-7

Diseño Gráfico: Audrey Colman y Paula Morrison
Traducción: Eduardo Bohórquez

Impreso en Singapore

2 3 4 5 6 7 8 9 / 08 07 06 05 04

William Kotzwinkle y Glenn Murray

Walter

el Perro Pedorrero

ilustraciones de Audrey Colman

traducido por Eduardo Bohórquez

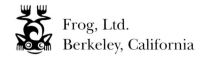
Frog, Ltd.
Berkeley, California

Betti y Guillo sacaron a Walter de la perrera y lo trajeron a la casa. "Nadie lo quería", dijo Guillo.

"Pero nosotros lo queremos", dijo Betti.

"Caramba, tiene un olor horripilante", dijo la madre. "Yo creo que sería conveniente darle un baño".

La madre entró y dijo, "Todavía huele horrible".

Y fue en ese instante cuando notaron la primera pista del misterio. La señal de las burbujas en el agua.

"Tal vez está un poco nervioso", dijo la madre, esperanzada. "Puede tener el estómago revuelto".

Pero el estómago de Walter estaba normal. El estómago de Walter estaba muy bien. Él se sentía perfectamente bien. Él solamente era un perro pedorrero.

Se tiraba pedos en todo momento, cuando lo bañaban, cuando jugaba con Betti y cuando caminaba tranquilo por la casa.

Lo hacía en el comedor. Lo hacía en la cocina.
E incluso lo hacía cuando dormía.

"Ese perro se echa pedos día y noche", dijo el padre.

"No es su culpa. No puede controlarse, Papi", dijeron Betti y Guillo.

A ellos no les molestaban los pedos de Walter.

"Y que importa si se pea", le dijo Guillo a Betti cuando estaban en el cuarto solos con Walter.

Betti estuvo de acuerdo. Walter, por supuesto, también estuvo de acuerdo. Estaba acostado, con una cara la mar de inocente, tirándose pedos.

"Llévenlo al veterinario", dijo el padre.

"Pearse o tirarse pedos", dijo el veterinario, "o flatulencia rectal, como diríamos en la profesión médica", y recetó un cambio en su alimentación.

Le dieron a Walter toda clase de comida para perros, pero él seguía tirándose pedos. Probaron con comida para gatos. Le dieron perros calientes, hamburguesas, y hasta sándwiches de lechuga y tomate.

Le dieron pollo frito. Le dieron comida para conejos y hasta lo convirtieron en un vegetariano.

"No importa lo que ese perro coma, todo lo convierte en pedos", refunfuñó el padre.

A Walter lo culparon por los pedos de los demás. Si al Tío Pacho se le escapaba uno, se paraba y se iba junto a Walter.

Entonces lo único que tenía que decir era, "¡Walter!".

Y todo el mundo dirigía la mirada hacia el pobre Walter.

"Tiene que regresar a la perrera", dijo el padre.

"No, Papi, por favor", rogaron Betti y Guillo. "No devuelvan a Walter".

"Se larga mañana", dijo el padre.

Los niños rogaron. Walter seguía tirándose pedos.

Era el destino final. Esa noche, Betti y Guillo lloraron en la cama y Walter los miraba acongojado.

"Oh, Walter", dijo Betti, "tienes que parar de echarte pedos".

"Porque si no paras, mi padre mañana te va a mandar devuelta a la perrera", dijo Guillo.

Walter sabía que la situación era bien seria. Jamás volvería a ver a Guillo y Betti. Decidió que de ese momento en adelante iba a aguantarse los pedos para siempre. Cuando Betti y Guillo se durmieron, Walter bajó a la cocina a ver si había algo para comer. Se las ingenió para abrir la despensa con el hocico y encontró una bolsa de 25 libras de bizcochuelos anti pedorreáticos que el doctor le había recetado, los cuales habían incrementado su pedorrera. A pesar de que sabía esto, no se pudo aguantar las ganas. Se comió las 25 libras, enteritas. "Qué sabroso", suspiró Walter.

Entonces Walter se fue y se echó en el sofá. Una burbuja gigante comenzó a inflarse en su estómago.

"Esto va a traer problemas", pensó para sí mismo, con algo de nervios. Él tenía miedo de lo que pasaría si se le escapaba. Tal vez la casa explotaría, penso él. Entonces la aguantó con más fuerza. A pesar de que no era nada fácil. En realidad era una tortura. Pero Walter había jurado que nunca volvería a tirarse pedos. Su futuro dependía de eso. En medio de todo esto, recostado en el sofá, con la cola enroscada en medio de las patas, para hacer resistencia, oyó un ruido en la ventana.

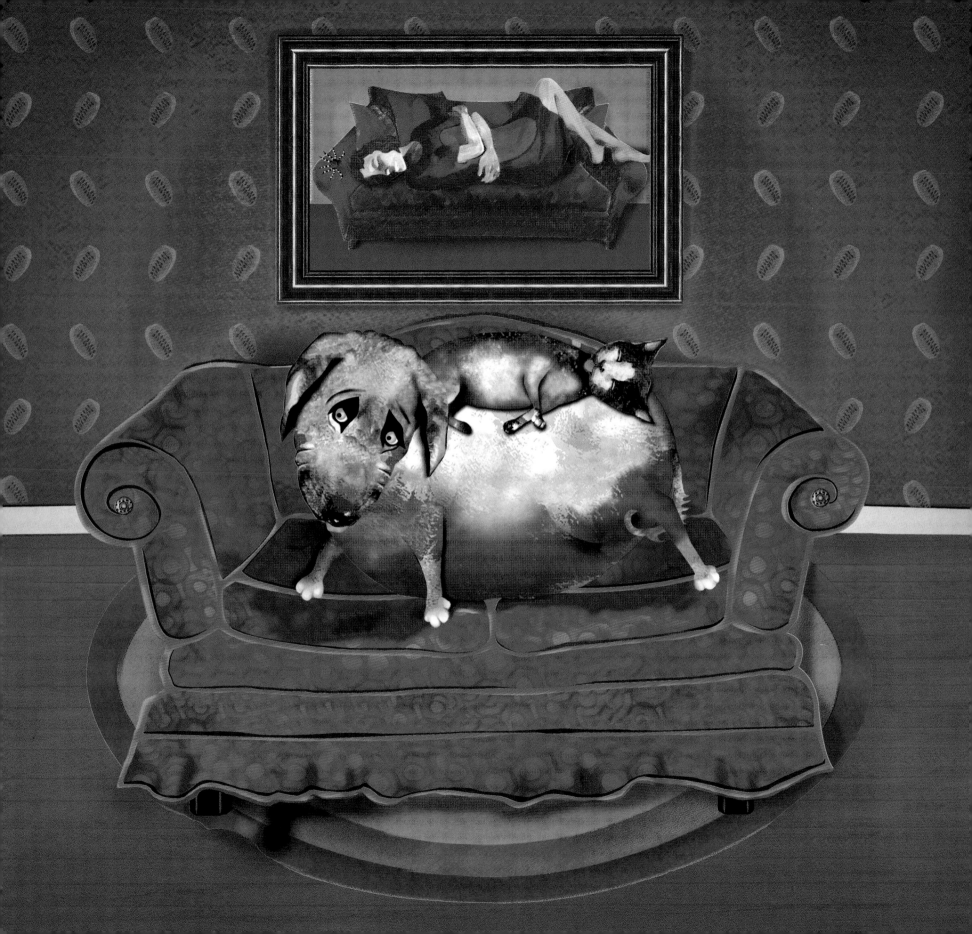

Vio como la ventana se abría lentamente.

Un par de ladrones se deslizaban silenciosamente por la ventana. Entraron a la cocina.

"Cuidado con el perro", dijo uno de los ladrones.

"No va a morder", dijo el otro. "Es un perro faldero". Walter los hubiera mordido, pero estaba tan lleno de gas que no se podía mover. Le amarraron el hocico con un trapo para que no pudiera ladrar.

"Perfecto", suspiró el primer ladrón". Vamos a limpiar este lugar".

Agarraron todo lo que pudieron. Walter quería detenerlos, pero ya tenía dolores estomacales inaguantables causados por la burbuja de gas que seguía creciendo. Se puso boca arriba, sacudiendo las patas en el aire y haciendo crujir los dientes.

"Ya lo tenemos todo", dijo el segundo ladrón.

"Vámonos".

Fue en ese instante que a Walter se le escapó el peor pedo de su vida. Resonó como una explosión y lo lanzó como un proyectil a lo largo de la sala. Una nube de fetidez cubrió la sala. Los ladrones se agarraban la garganta, sin poder respirar.

Con lágrimas en los ojos, corrieron hacia la ventana.
Trataron de levantar la bolsa con el botín, pero sus
brazos ya estaban muy débiles.

"Salga ...mos de ...aquí ...a ...hora ...".

Saltaron por la ventana y corrieron calle arriba, tosiendo, haciendo esfuerzo para respirar. Todavía ciegos por el bombazo de Walter, se encontraron frente a frente contra las luces de un carro de la policía, que venía en dirección opuesta.

"¡Alto y manos arriba!", gritó el policía.

Cuando el padre y la madre bajaron de su habitación la mañana siguiente, encontraron la ventana abierta. Y vieron la bolsa llena de todas las cosas de valor de la casa y a Walter sentado al lado de ella. Todavía tenía el trapo amarrado al hocico. Hay que decirlo, parecía un héroe.

"Salvó los cubiertos de plata", gritó con júbilo la madre.

"Salvó el VCR", gritó el padre. "Perro noble, ¡Walter! Tú eres nuestro perro, aunque seas un perro pedorrero".

Y así la familia se acostumbró a vivir con Walter, el perro héroe.

Colorín, colorado, este cuento se ha acabado.